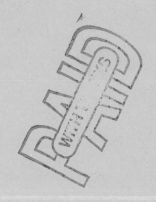

La Boîte à Joujoux de Kipper

Mick Inkpen

Copyright © Mick Inkpen, 1992
Copyright © French translation Magi Publications, 1995
This edition published in 1995 by Magi Publications, in association with
Star Books International, 55 Crowland Avenue, Hayes, Middx UB3 4JP
First published in Great Britain in 1992 by Hodder & Stoughton Children's Books
Printed in Italy by L.E.G.O., Vicenza
ISBN 1 85430 351 1

Kipper's Toybox

Mick Inkpen

Translated by Derek Hockridge

Magi Publications, London

En grignotant la boîte à joujoux de Kipper, quelqu'un
ou quelque chose avait fait un trou.
"J'espère que mes joujoux ne sont pas abîmés," dit
Kipper. Il vida la boîte et les compta.
"Un, deux, trois, quatre, cinq, six, SEPT! C'est faux!" dit-il.
"Il devrait y avoir seulement six!"

Someone or something had been nibbling a hole in
Kipper's toybox.
"I hope my toys are safe," said Kipper. He emptied
them out and counted them.
"One, two, three, four, five, six, SEVEN! That's wrong!"
he said. "There should only be six!"

Kipper compta ses joujoux encore une fois.
Cette fois, pour que ce soit plus facile, il les aligna.
"Grand Hibou un, Hippopotame deux, Chaussette
Machin trois, Pantoufle quatre, Lapin cinq,
Monsieur Serpent six. Ça, c'est mieux!" dit-il.

Kipper counted his toys again. This time he lined
them up to make it easier.
"Big Owl one, Hippopotamus two, Sock Thing
three, Slipper four, Rabbit five, Mr Snake six.
That's better!" he said.

Kipper remit ses joujoux dans la boîte. Puis il les compta une fois de plus. Seulement pour s'assurer. "Un, deux, trois, quatre, cinq, six, sept, HUIT NEZ! Ça fait deux nez de trop!" dit Kipper.

Kipper put his toys back in the toybox. Then he counted them one more time. Just to make sure. "One, two, three, four, five, six, seven, EIGHT NOSES! That's two too many noses!" said Kipper.

Kipper saisit Grand Hibou et le jeta de la boîte à joujoux.

"UN!" dit-il d'un air fâché. Ensuite Hippopotame, "DEUX!" Ensuite Lapin, "TROIS!" Ensuite Monsieur Serpent, "QUATRE!" Ensuite Pantoufle, "CINQ!" Mais où était six? Où était Chaussette Machin?

Kipper grabbed Big Owl and threw him out of the toybox.

"ONE!" he said crossly. Out went Hippopotamus, "TWO!" Out went Rabbit, "THREE!" Out went Mr Snake, "FOUR!" Out went Slipper, "FIVE!" But where was six? Where was Sock Thing?

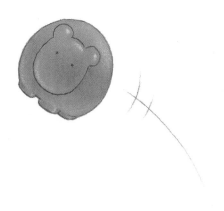

Kipper était bouleversé. Après Lapin, Chaussette Machin était sa favorite. Maintenant elle avait disparu. "Je ne veux absolument pas en perdre un autre," dit Kipper. Il ramassa les autres joujoux et les mit dans son panier. Puis il y monta et les surveilla jusqu'à l'heure du coucher.

Kipper was upset. Next to Rabbit, Sock Thing was his favourite. Now he was gone.
"I won't lose any more of you," said Kipper. He picked up the rest of his toys and put them in his basket. Then he climbed in and kept watch until bedtime.

Pendant la nuit Kipper fut réveillé par un bruit étrange.
Il venait du coin de la chambre.

That night Kipper was woken by a strange noise.
It was coming from the corner of the room.

Kipper mit la lumière. Là, traversant le plancher
en se tortillant, était Chaussette Machin! Il a dû être
Chaussette Machin qui avait grignoté sa boîte à joujoux!
Kipper ne savait pas exactement que faire. C'était la
première fois qu'un de ses joujoux s'était animé
comme cela. D'un bond il remonta dans son panier
et se cacha derrière Grand Hibou.

Kipper turned on the light. There, wriggling across
the floor, was Sock Thing! It must have been Sock
Thing who had been eating his toybox!
Kipper was not sure what to do. None of his toys
had ever come to life before. He jumped back in his
basket and hid behind Big Owl.

Se tortillant lentement, Chaussette Machin décrivit un cercle et vint se heurter contre la panier. Puis se tortillant toujours, elle commença à rebrousser chemin. Elle n'avait pas l'air de savoir où elle allait. Kipper suivit.

Sock Thing wriggled slowly round in a circle and bumped into the basket. Then he began to wriggle back the way he had come. He did not seem to know where he was going. Kipper followed.

Très vite, Kipper lui saisit le nez. Chaussette Machin
fit couic et se tortilla plus fort.
Puis une petite queue parut. Une petite queue rose.
Et une petite voix dit, "Ne lui fais pas mal!"

Quickly Kipper grabbed him by the nose. Sock Thing
squeaked and wriggled harder.
Then a little tail appeared. A little pink tail.
And a little voice said, "Don't hurt him!"

"C'était donc VOUS! C'est VOUS qui avez fait le trou dans ma boîte à joujoux!'' dit Kipper.
C'était vrai. Les souris avaient grignoté la boîte pour avoir des morceaux pour faire leur nid.
"Il faut promettre de ne plus la grignoter,'' dit Kipper.
"C'est promis,'' dirent les souris.

"So it was YOU! You have been making the hole in my toybox!'' said Kipper.
It was true. The mice had been nibbling pieces of Kipper's toybox to make their nest.
"You must promise not to nibble it again,'' said Kipper.
"We promise,'' said the mice.

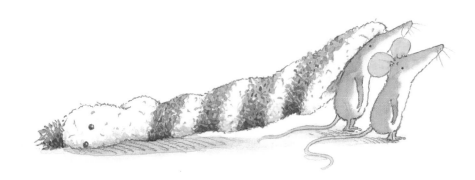

En échange Kipper permit aux souris de partager son panier. C'était bien plus douillet qu'un nid fabriqué de carton et les deux petites souris ne grignotèrent plus jamais la boîte à joujoux de Kipper . . .

In return Kipper let the mice share his basket. It was much cosier than a nest made of cardboard and the two little mice never nibbled Kipper's toybox again . . .

Mais leurs bébés le firent.
Ils grignotèrent TOUT!

But their babies did.
They nibbled EVERYTHING!